午
未
申
酉
戌
亥
子
丑
寅
卯
辰
巳

歌集　帰りしなの歌　目次

子の章　加齢順調……9
丑の章「あかんたれ」……31
寅の章　短歌の形に……65
卯の章　フィクション……99
辰の章　好きな子の……111
巳の章　このままがいい……127

午の章　デ・ジャ・ヴ……139
羊の章　タヒチの海……161
申の章　知性品性……171
酉の章　帰りしなふと……193
戌の章　キャベツの葉……213
亥の章　寝しなの定番……227
エディターズノート……265

装幀　井原靖章
装画　松山コウイチ

帰りしなの歌

森村稔歌集

子の章

加齢順調

片足で立ってズボンを穿くことが
むずかしくなり加齢順調

史上初十連休に世は騒ぎ
リタイアわれはテレビに日を消す

当分は浸かっていられるぬるま湯か
わが人生の仕舞い時いつ

プロタミン　アントシアニン　ナイアシン
「ン」がつくやつ身体《からだ》にいいらし

プロタミン＝魚のタンパク質
アントシアニン＝茄子などの色素、抗酸化作用あり
ナイアシン＝ビタミンの一種、糖質等の代謝に不可欠

現首相安倍氏の前は誰だっけ
八十男らしばらく言い合う

一日に数首の歌作続きおり
日々の空虚感このところなし

先刻《さっき》まで此処らにあったペンがない
探し物するは日に幾度ぞ

『空腹がいちばんのクスリ』との本に依り
週一日は無食を試む

土曜日は何も食べぬ日
胃を休め時間忘れて一日惚ける

やがて知るむやみにもの食うわれら
みな脂肪溜め込み腹太らせる

医師の不思議　1

早くから診察受ける日予約して
医師キャンセルに遭いしことなし

医師の不思議　2

先生は風邪くらいでは休まない
何か秘密の薬あるのか

医師の不思議　3

先生と二十数年付き合って
来歴趣味など互いに知らず

医師の不思議　4

不調でも「心配ないです」と言われれば
その一言が薬より効く

医師の不思議　5

麗しき女医はてきぱき厳しくて
ときには優しく甘えたくなる

また、医師

患者には「煙草止めよ」と言いつづけ
喫煙止められぬ医師も人間

先生と模型造りの趣味が合い
酒酌み交わす患者となりしか

パソコンを見詰めるばかりで患者の顔ほとんど見ない
医師もいるらし

昼飯はりんご半分チョコ二つ
体重五キロ減らさんとして

降圧剤用い始めてやがて知る
効く日もあれば効かぬ日もある

目覚めては日常茶飯の歌を詠む
老いの生き甲斐ほかにあらねば

友人の口の間延びが気にかかる
わが老い先も短くなりて

看護師に優しくされて甘えるな
患者の心得基本は素直

大病院十一階の角部屋に
入院しました一件落着

病室の窓の外なる大碧空
此処なる一体検査待つのみ

老いの朝食後

視力落ち見出しだけ見る新聞を
ゆっくり畳んで一休みする

視力落ち食べ物残し鍵忘れ
老耄の兆し十指に余る

起き抜けに三陰交に灸据える
十年来の習いとなりぬ

踝《くるぶし》の上なるそれがいいツボと
教えられしが効きめ聞き洩らす

メンタルなアラートネスの高いのは
高齢者には不向きとせんか

老友ら伊勢物語朗読す
LEDに顔照らされて

〈日に四度ムコスタ点眼〉励行し
老いの寝起きに規律生まれる

冬来れば乾燥肌の保湿ケア
老いたる身体《からだ》に気配り増える

よろこびに歓声あげず手を打たず
喜怒哀楽の老衰するも

この日頃大笑したる覚えなし
腹の底にて枯渇す何か

八十四　これでいいかとときどきは
思うことありでも生きている

二〇一九年九月二十七日 八十四歳誕生日

十分に生きたなどとは言えなくも
延命治療をわれは望まぬ

降るような降らないような空模様
老い人の目にはどちらも変わらぬ

久方ぶりの東銀座にビル探し
歩き疲れて歳月思う

往年のわれなら銀座はやや詳し
敢えていうなら西銀座だが

同窓会出たしと思えどこの齢で
六百キロの移動はつらし

左の眼ついで右の眼
十年の間を置きて白内障オペ

最晩年の父

簡素なる老人の生
賀状など二、三来るのみ遠い縁者の

わが齢を記入するとき八十四
その数字見てはっとおどろく

年取るは哀しいものよわが番地
一の二十五の八ときどき忘れる

歩む鳩頭を前後に振るわけを教えられしが
頭から抜けし

還暦は二回り半前のこと
帽子もらいし覚えあるのみ

わが友は大きなホテルに人集め
型通り赤いちゃんちゃんこ着る

日に数回眼鏡の在り処《か》探すきみ
七個くらいをあちこちに置け

H医師パソコンなど見ず患者観る
記憶がよくて患者をよく知る

「おれだってそうしているよ」と語る医師
患者の心ほっと安らぐ

薬のみに頼るのはいかん、生活の
そこを直せと迫りくる医師

先生の陽気さわれのクスリなり
五分話して気分よくなる

八十代半ばを迎え
半日も家を離れる外出は
週一、二度の暮らしとなりぬ

健康のための歩行は家の中ぐるぐる回る
音楽鳴らし

音楽はバッハ、ブラームス、ジャズ、ロック
ときにはお経　なんでもござれ

あしたからまた少しだけ頑張ろう
まだ柔らかなこころもあるぞ

丑の章

「あかんたれ」

「あかんたれ」と父に言われし幼少時
その語の響き心耳に残る

神国だ御民だ我等、以下略す
歌って行進ぼくらの登校

記憶あるいちばん怖い音はあれ
空襲警報サイレンの音

亡友の写真一葉古びしが
レンズ通してわれを見据える

百舌鳥・古市古墳群世界遺産に登録
記憶する小二遠足の一カット
仁徳陵の縁の道行く

生育地難波は幻　十歳《とお》の年
B29街ぜんぶ焼きぬ

夢に見る　難波の街は音絶えて
髙島屋裏色なき家並み

跡地には大阪球場その後は
難波パークス繁華の一帯

盛年のうちに逝きたるわが友を
羨む気持ちなきにしもあらず

旧友ら三十年ぶりに集う席
少し太めのズボンで出で立つ

宴半ば「あいつ生きとる」「彼死んだ」
郷里から来た級友《とも》応答す

同窓会多岐の話題に興ずるにいかに多きか
〃上から目線〃

人・ドラマ・本評するは気分佳し
上から目線に気づかぬわれら

試作だと友持ち来たるトマト食う
やや固い皮口に残りし

故郷にまだ友のいるうれしさよ
スダチ送り来俳句を添えて

豆柴《まめしば》犬とう呼び名好まし
豆狸豆鉄砲は幼なの思い出

その話聞き飽きたとも言いかねて
酔ったふりして頭《こうべ》を垂れる

倉本聰中島村木ら同窓生
天馬空を行きわが誇りにて

倉本　聰　テレビ脚本家／中島貞夫　映画監督
村木良彦　元テレビマンユニオン代表

ビゼー曲カルメンの筋タネにして
ご夫人連とオペラを語る

招かれてオペラ見し夜は
行きつけの赤提灯に誘いがたしも

洋楽に縁なき家に育ちたる
われを思えば語るを怯む

他人《ひと》真似て教授の名前をサン付けに
銀杏のバッジつけ初《そ》めしころ

大学のクラスに女性五人いて
かたまり居れば近寄り難し

昼ごとの噴水背にする歌の会
「赤いサラファン」初めて歌いし

貧乏な学生もいた　昼飯にコッペパン半分に
水道の水

われらとてさして変わらず　パンに
ジャム　コロッケ　あるいは牛乳一本

「歌なんぞ作っちゃいない浮かぶんだ」
嘯くわれにビール注ぐ友

徳島の竹輪を食えば思い出す
チッカが郷里の正しき発音

わが高校校長スポーツ嫌いにて
野球は禁止もっぱら剣道

八月が来るたび思う

もう五年早く生まれていたならば
陸海空の何処に逝きしか

友が皆終戦の日を語る中
われにその日の記憶がないとは

声聞こゆ「アメリカ兵が来る前にスイカ食べとこ」
近所のおばちゃん

学校で何か講話があったはず
それも記憶の底にないとは

鮮烈に覚えていることただ一つ
教科書に墨を塗らされしこと

カネのない家の子あわれ
理由《わけ》つくり修学旅行不参加にする

カネや地位ある家の子は子どもにも
それとなく知れる社会学初歩

酔うにつれ人柄変わり威張り出す
酒に負ける人つきあいがたし

酒の友四、五人ありて月二回
バカ話の会もう二十年

十年ぶり再会せし友政治好き
組閣ニュースを長々語る

馴染みある自慢話にたどりつく
友の話術の衰え知らず

若いころ物を買うのは面倒で
買い物するより飲み屋に走りぬ

エリート臭鼻持ちならず避けいしが
つき合いて了す彼奴《きゃつ》も人なり

威張る徒をおとなしくさせるテがひとつ
超エリートの群れに放り込む

世に映えるオクスフォードを出た人は
ことあるごとに学歴披露す

偉ぶらぬケンブリッジの卒業生
大学なんぞ出てない顔する

会食後一身上の重大事《おおごと》を
他人事のごと言い残し去る

写したり「一生稽古」の杉雨の書
わが心身に刷り込まんとて

若き日は「生涯一書生」と掲げしが
標語が泣くとからかわれたり

「理屈言う子どもになる」とて幼少時
読書は父に禁じられたり

十代は本というものこそこそと
親に隠れて読むものなりき

大学に入ってもっとも嬉しきは
本読む自由を得たることとなり

目の前の無数の本がわれ招く
買うのも自由読むのも自由

よき友とうまいチーズにいいワイン
三つで決まる食卓の歓

食卓に多弁の人は苦手なり
寡黙過ぎる人また苦手なり

中学二年時

黒板に「英語きらいな教師かな」と
書いて教師は無言続けし

生徒会会長役に任ぜられ
「そんなもんやめさせてもらえ」と父言えり

再軍備是か非か二組に分けられて
討論させらる学校行事

学用品買う金もらえずゴミ溜めに
鉛筆漁る子も見かけたり

教科書やノート学校に置きぱなし
宿題なんか教室でやった

中学一年　ラジオ初出演

徳島の生番組のクイズにて
第一ヒントで『草枕』当てし

同スタジオ体験

ラジオから聞いて知ったる標準語
目の前の人それぞれ喋る

東京に来たてのころは
語尾につく「サ」の音嫌で会話避けたり

声高の大阪弁をまき散らす学友いたり
やんちゃな男《お》の子

身体の不調不具合多々ありて
種々のむ薬にあたまを使う

その症状わたしもそうと言いかけて
話題を戻す議事進行に

飲んで食う久方ぶりの同窓会
激痩せ激肥え較差広がる

東大出の性向の一
自らはアイデア出さず諸案をけなす

本郷の記憶

たまり場のボンナ、にんじん、ルオーなど
思い浮かぶは喫茶店《さてん》の名ばかり

古書店は森閑として格高く
貧乏学生近づき難し

長男に生まれたるわれ
折節に兄ある人生夢見ることも

〝あほんだら〟よく怒鳴られし幼年時
褒められし記憶ほとんどなくて

国語理科算数家庭科
中学の先生方は今も懐かし

「先生も生徒もきらいな英語かな」
嘯き嗤う教師もいたり

中学の同窓半数は就職す
われも当初は就職志望

電話帳に見つけた店名に惹かれ自転車で訪れた、若き日

ホノルルの町の外れの古書店の
名前記憶す〝飢えたる《ハングリー・アイ》眼《まなこ》〟

三十年《みそとせ》ぶり飲めば面相柔和にて
問題児たりし漢《おとこ》何処へ

東京大学ギリシア悲劇研究会
学生がギリシア悲劇を研究し復古上演す
生涯の快事

演目「オイディプス」
日比谷なる夜の野外音楽堂
三千人の観客来たりぬ

自罪知り己が眼抉るオイディプス
加村赳雄の叫声夜空へ

演者その後

王加村、テレーシアス、クレオンら
この世を去りぬ六十年《むそとせ》の歳月

仲間から出づ演劇人映画人
大学教授学士院院長

〝ギリ研〟は演劇史上に意義ありと
外国文献にその名とどめる

真桑瓜のどろどろの種も啜りたり
少年のわれ頓着はせず

わがラグビー経験

高校で男女混合試合せり
女子へのタックル禁止のルール

筆箱回想　9首

筆箱はぼくの王国
兵隊ら芯を尖らせ出動を待つ
登校時ときにカタカタ音が立つ
軍団健在その音で知る

兵員の構成見れば
精鋭のトンボ三菱コーリン鉛筆

書き取りで兵を出すとき
気に入りの奴から使うが兵法の常

使い方悪いとときに芯折れる
兵いたわりて後刻手術す

王国の軍医は一人
肥《ひ》後《ごの》守《かみ》鉛筆削りを専門とする

3Bの鉛筆欲し
夢に見しツヤツヤ光る六角の軸

消しゴムの匂い好まし
◯や×書いては消して書いては消して

王国の全体予算に限りあり
鉛筆補充は学期に一本

秋の叙勲に

才能の鉱脈一途に掘り進み
業績燦たる友を敬する

遅れ来て友と酒席の端と端
会話できずに別れの握手

寅の章

短歌の形に

気取らずに変哲もなく思うまま
短歌の形に詠めればよしとす

俳句なら簡潔になる
指折って無駄な字入れて短歌にしました

事柄を淡々と叙する歌があり
詠嘆滾《たぎ》る歌もまたあり

歌作ることは楽しみか苦しみか
どちらでもあり時には無心

視力落ち読書から遠ざかる

歌つくるこれぞ楽しみ
そのあとはトマト食ったり映画を観たり

「バカみたい」と言われながらも歌作る
老いの谷間を彷徨《さまよ》うごとく

何もしていないと応じてやり過ごす
歌など作ると言うははずかし

口語体文語体混じるわが短歌
気分によってどちらにもなる

なつかしい人に呼びかけ歌作る
見知らぬひとをいざなう歌も

歌作るわが方策は一つのみ
下手な鉄砲数打ちゃ当たる

時経ても胸撃つ台詞吐く源氏
和歌には飾れる言の葉多く

ベルギーのサクラ堺市で育てられ
「与謝野晶子」と名付けられたり

花びらはうす紅に萼は濃く
外来桜「与謝野晶子」よ

「形と象」「いろいろの色」「線で描く」
書いてみたかりし論文の題

わが書架の双星である写真立て
モームとモンロー「モ」のつく二人

嘘つきに必須のものは記憶力
エラスムス言うモンテーニュ言う

杉山平一全詩集

わが書架に幅を利かせる貫禄は
上下二巻で十二センチある

表紙とて白地に題字
それのみの歌集装幀簡浄にして

一日を降り籠められて
半日を大拙繙き五ページで止む

大拙＝鈴木大拙

空《くう》の文字並べた歌に益ありや
されど大拙「文字もまた道」

日誌読む荷風の声の音盤に
漲る若さに違和の感あり

新刊に九十五歳の知人の著
『老いの練習帖』知るなり発注

史書好きが『史記』に始めし朗読会
三十年《みそとせ》続けて三人《みたり》欠けるも

思い出の歌数多ありその一つ
倍賞千恵子さくら貝の歌

一八七四年と一九六五年

生年と没年同じ、英国の
気難し屋はモームとチャーチル
「嫌な世《1874》」に生まれ「一級老後《1965》」たり
両者行き来も少しありとか

「滑舌」は放送などの業界語
載せている辞書いまだ少なし

届いたる友の新著に気も逸り
眼疾なだめつページをめくる

若き友の新刊小説
眼に刺さる描写造型ただならぬあり

年ごとに眼がしんどくて
このごろは活字大きな本を手にとる

流行る書に妻のトリセツあるならば
自己のトリセツ誰か書かぬか

レンタルの医療機器には手こずりぬ
トリセツ長《なが》長《なが》文字は細《こま》細《ごま》

絵画とは何か

子どもらの落書きも大家の作に見ゆ
トリミングして額に入れれば

画廊にて高額の絵に思えらく
絵の値打ちなのか画家えらいのか

ビュフォン言う文は人なり然あれば
絵もまた人なりなべて自画像

形式は理念によって打ち破らる
ヘーゲル美学のおぼろな記憶

万葉の研究者数三百人
年に論文千本出るとは

昭九刊徳田秋聲短編集
書庫に見つけて読む数ページ

秋聲の短編一つ読むだけで
何事もなく一日過ぎぬ

漱石の「行人」ぐずぐず読み飽きて
感興ついに湧かず了えけり

青邨の句にある祖母山《そぼさん》傾山《かたむきさん》
名しか知らねど何か懐かし

老いぬれば源氏についで業平を
読みつつあれどこころ騒がず

貫之が業平評して言うことに
こころ余りて言葉足らずと

『白鯨』のメルヴィル生誕二百年
初めて知りぬ波乱の生涯

文芸の力

若き日の『野菊の墓』は『ヴェルテル』の
衝撃よりも優《やさ》し切なし

茂吉らとアララギ興ししかの左千夫
〃短歌牧場牧童頭〃

小説はなんとも退屈
評論は時に胸すく正宗白鳥

文飾も文体もなき正宗の
的撃つ筆にひと頃酔いぬ

夕暮れの野外劇場に見かけたる
正宗独居声をかけ得ず

〝柴錬〟を五十年ぶり手にとれば
剣法描法流石鮮やか

酔うほどに「なにに付けてか執をとどめん」
鴨長明が頭をよぎる

〝ホーキングの再来〟
カルロ・ロヴェッリ著『時間は存在しない』

新刊に物理学者の所説らし
〝時間は不在〟いささか衝撃

思い出す過去はあるのに
思い出す未来なぜない宇宙のあり方

超難解 精読ムリの物理学
走り読みにて目からウロコ落つ

すっきりと時間の存在否定する
物理書説かず宇宙とは何

「仮名文字は骨なきみみず」と貶したり
国文学者金子元臣

また言へり国文学者
「唐文字は力なき蛙」心解しかぬ

下駄ばきに買い物籠下げ出歩きし
永井荷風を見倣いたくも

赤とんぼ　赤卒とも書く赤蜻蛉
二十一種のアキアカネ

幾千の富士の絵画に屹立す
片岡球子の天衝くマグマ

関西の敬愛人の五指に入る
美学科先輩四季派の詩人

二度会って著書九冊をいただいた
詩人は杉山平一氏です
平成二十四年五月没　九十七歳

俳句なら〝一物仕立て〟と〝取り合わせ〟
二つある中《うち》前者を好む

句中にて二つのものを〃取り合わす〃
着想妙技われには難儀

主人公八ちゃんつぶやく〃二三が六〃
六歳われには数字おかしい
田河水泡著　昭和六年初版
読みふけりし人生最初の愛玩書『蛸の八ちゃん』

句歌集は文字大きくて少なくて
老後読むものこれに傾く

横光の『旅愁』を読めと貸しくれし
女性俳人逝きて久しく

句さらなり風貌写真に魅せられて
高野素十の句集鞄に

学友直言

書いた本二十数冊あるけれど
「すぐゴミになる」本ばかりらし

鷗外の全集半分未読にて
十年経ちぬ余生いくばく

荷風いて出る幕なしと潔《いさぎよ》く
己知る人筆を折りたり

『若き詩人への手紙』
大学の寮のベッドで読みし本
最初はリルケかたしか文庫の

大物の脚本家書く葉書文字
風貌に似ぬ可愛い小文字

「単純なことばこそが深い意味をもつ」
永瀬清子の詩を書くこころ

寂聴さん九十七歳で注文す
原稿用紙「二千枚だけ」

浪人われ受験勉強に嫌気さし
『ファウスト』に耽り一夏つぶす

鷗外の短編『サフラン』読むたびに
〈生存〉の語の意味深くなる

らくらくと書いたごとくに見せるべし
文筆のプロわれに説きたり

佐藤優氏のあの硬い本読みこなす
年輩女優をわれ敬愛す

小さい店がくれたる大きな紙バッグ
求めしモームの短編入れて

業平が幻影のごと出没し
読むに厄介『伊勢物語』

本年の文化功労者二十人
半数の人顔見知りたる

本年＝2019年

漱石は落語好むと聞き及ぶ
なるほど『坊っちゃん』落語の話体

演《や》るごとに噺がちがう志ん生と
寸分違わぬ桂文楽

「この道はいつか来た道」
札幌の北一条を白秋行けり

「この道」詞・北原白秋　大正十五年
曲・山田耕筰　昭和二年

啄木は好きだが言いたいことがある
偉くなったる友に僻むな

ミミズとて侮るなかれアフリカにゃ
二メートル超すミミズいる由

ダーウィンの生涯最後の論文は
ミミズのいわば心理研究

われ読みし最初の英書はダーウィンの
航海記なり高二の夏に

『ビーグル号航海記』一八三九年

若き日にその毒舌を愉悦せし正宗白鳥
読む気失せたり

本棚の天井近くに祭り上げ
眺めるだけの全集となる

寅彦はときどき取り出し拾い読む
科学者のこころみずみずしければ

ゲーテには読む気に水差す報もあり
ドイツの青年読まずなりしと

大御所の漱石鷗外気難し
その地位ゆずらぬ書斎の重鎮

著書出ればすぐ読み感想など送る
同時代の著者四、五人と馴染む

本を書くけったいな趣味あるせいか
他人《ひと》の文章気にする癖《へき》あり

卯の章

フィクション

マリー・ラフォレ死す　八十歳

「太陽がいっぱい」に見たあの美女の
死亡伝えるベタ記事十行

サスペンス　ミステリ　ホラー　スプラッター
われ愛好の洋画のジャンル

窓の外蟬鳴きはじめテレビいま
極道映画きちんと終る

志ん生の文七元結　志ん朝の文七元結
古今の味わい

フィクション1

異星人一家に一人ずつ来たる
パニック映画のファーストシーン

フィクション2

百年後の地震の予測値発表
年間の地震千回台風百回

フィクション3

「三日間全商品が無料です」
閉店間近の大型スーパー

フィクション4

国中の大騒乱の嵐中
禁煙禁酒新法可決

フィクション5

さる国の昔の女王
百人の家臣と交わり過半を殺《ころ》す

フィクション6
さる国の昔の王子が王女連れ
満月の夜に行方晦ます

アントネラ・ルアルディ
「赤と黒」ダニエル・ダリュウに目を奪われ
もう一人の美女見過ごすな　きみ

森繁の「人生それはいいものだ」
果敢なく昏いその歌声は

アルフレッド・ハウゼ

「碧空」のメロディ若き日呼び戻す
ドイツタンゴの名曲らしも

八月の日盛りの中歩みゆく
タイトルバックのごとき坂道

音もなくのっそりと来て無言なる
ジョン・ウェインの巨軀頼もしき

腕振らずやや猫背に歩み去る
ヘンリー・フォンダを真似し日々あり

昨日見た映画の話するときに
あれれ出てこぬカタカナ題名

言へざりし映画題名タクシーに
乗りこむ途端ふと口に出づ

映画『フローズン・ブレイク』

ロシア発雪山スリラー珍しや
生還一人型通りぞよき

目を細め咎めのことば一語吐き
イーストウッドが宿敵倒す

音《ね》色《いろ》こそ楽音魅力の一等と
聴くわが耳はまともであるか

笠智衆の佇つ姿から
沈黙のことば引き出す小津安二郎

名優は指示のままにか
目配せの一つもせずに席を立ちたり

チャップリン五歳児にして初舞台
歌手なる母の代役として

「わたしは何者」

五十歳の秋吉久美子
モナリザを前に一刻凍りつきたり

名優を追悼する場で俳優ら
語る言葉は台詞に聞こえる

好きな子の

辰の章

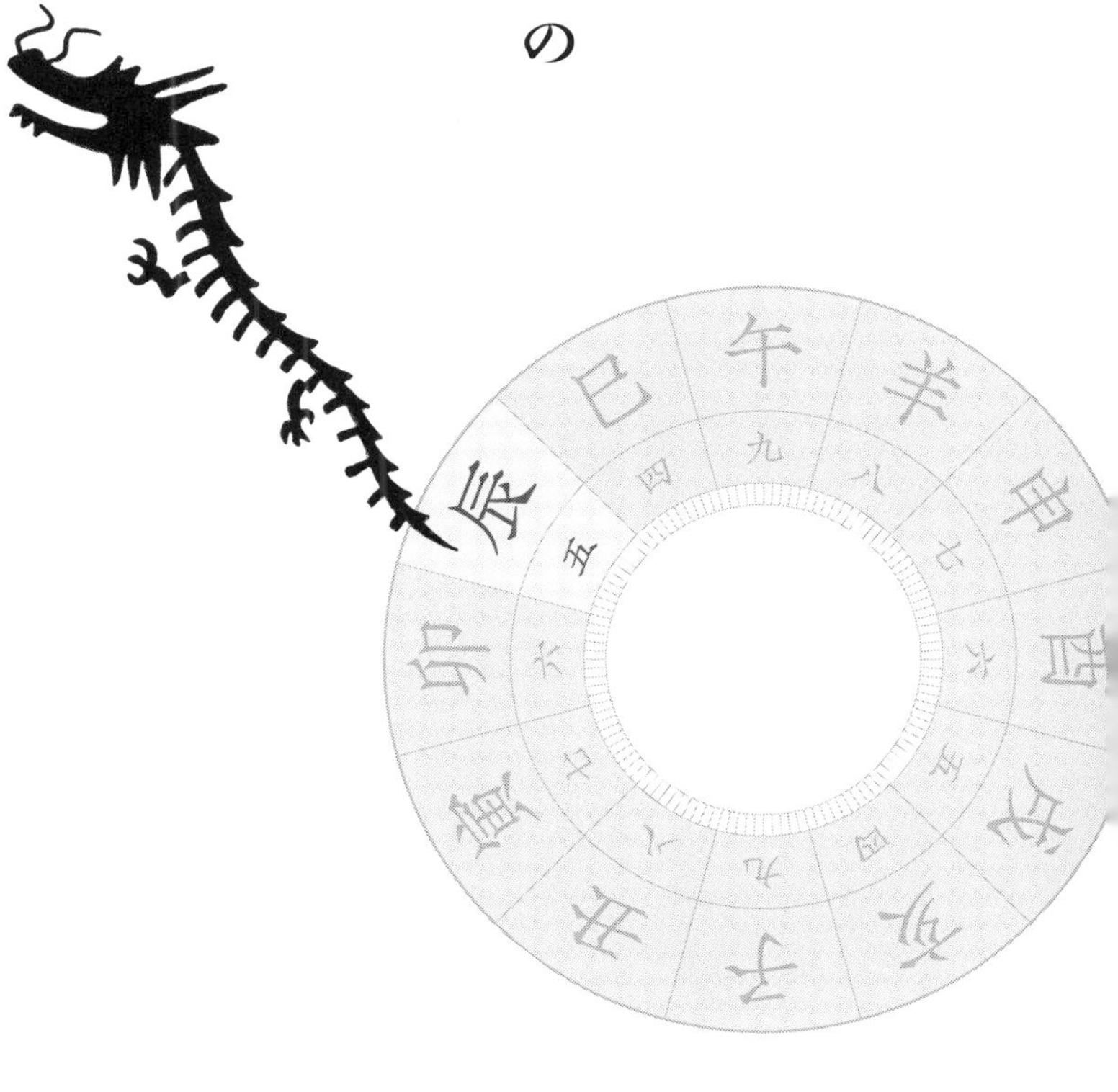

好きな子の横通るときうつむいて
消しゴムわざと落としたことも

口ずさみこころ不穏の頃ありき
高橋真梨子「桃色吐息」

歌手の名の記憶を索《もと》め二人して
ア行から始め　ああ李香蘭

昭和二十七年

級友は「赤いランプの終列車」春日八郎歌って去りぬ

朝食後天声人語にわが名見て電話くれしはみな女性なり

幼少時歌に寂しさ知り初めぬ「マロニエの木陰」松島詩子

十歳のプロ棋士仲邑菫ちゃん
睨み顔してただただかわゆい

身勝手夢想

娶るなら美形で丈夫で気が利いて
あらまほしきは従順なる女《つま》

浴衣着て下駄を引き摺りがに股で
近づく女何となく避ける

きみ知るやマツバボタンの花言葉
無邪気可憐を失うなきみ

久方ぶりにギター弾くなら所望せん
昭和のメロディー湯の町エレジー

塀の上ムクゲ顔出す
ホームから聞こゆる歌声青い山脈

われ中学生

思い出の「あなたと二人で来た丘は」
青年教師の鼻歌なりき

和田弘とマヒナスターズ　一九六〇年

「誰よりも君を愛す」と歌のまま
一度くらいは迫ってみたかり

今日よりも明日がよくなるその気持ち
いや希望もて　いつも青春

眼《まなこ》閉じリラクゼーション音楽の
小さな音に耳傾ける

この齢になれば愈々欲しくなる
女友だち天使の歌声

辞すために名残惜しくも席立てば
雨音ポツポツ遣らずの雨とか

鮮やかな立ち居振る舞いする人は
顔の美醜を超えて美し

カフェの午後微々たることが気にかかる
隣の女の動作が粗い

坂本九「夜明けの唄」を岸洋子美事にカバーし
一世風靡す

戦後歌謡曲の……

歌の題「青い山脈」一位にて
「銀座カンカン娘」二位とす

響きのいい「カンカン娘」を造語した
山本嘉次郎〝とくに意味ない〟

「青い山脈」わが青春歌

作曲は服部良一詞は西條
歌うは藤山最良トリオ

平野愛子「港が見える丘」昭和二二年

透き通りなにかやるせなきあの声に
中学生われ胸ときめかす

鍔広の帽子深々かぶる女《ひと》
目鼻隠れて綺麗に見ゆる

童謡に悲しき歌は多かりき
「しゃぼん玉」などその最たるひとつ

詞も曲も「歌を忘れたカナリア」は
妙にさびしい歌ではないか

極めつき露風書きたる「赤とんぼ」
三連なんぞは泣けてしまうよ

目の前の美女に見とれて停留所
一つ乗り越す、たまたまのこと

口開けて電車座席に眠る人
妙齢美女ならちらちらちらちら目をやる

台風は一過するもの
中年の恋なかなかなかにさにあらざりき

世に流行る演歌好まぬわれなれど
心にひびく五木細川

細川の北海道出の二人弟子
このみ彩《りゅう》青《せい》美女と美男子

詫びるなら佐川満男の歌に寄せ
「かんにんしてや」言い訳はせず

「ちがうのよ」相手の結語待たずして
女性の会話の忙しいこと

誕生日　旧知の女《ひと》から祝信《メール》くる
八十四ですと二、三行打つ

なんとなく気の晴れぬ日は有線の
韓国演歌を流すことあり

異国語の歌の言葉は解せねど
声・メロディにほろ酔いとなる

夫逝きちあきなおみは身を退いて
二十八年その歳月は

きみ知るや白《しら》玉《たま》星《ほし》草《くさ》東海の
湿地に生きる絶滅危惧種

変な名は珠芽《むかご》猫《ねこ》の目《め》花弁なし
それでも花なり茨城で見た

このままがいい

巳の章

われもまた保守的なれば古くとも
今の憲法このままがいい

国民の心性やはり保守的で
改憲という革新求めず

なにゆえに陸軍海軍別々に
飛行機造って戦果競いし

壇上の選挙候補者早口に
わめいて言葉中空に散る

憲法を改正したいと安倍首相
野党はいずれも〝守旧派〟なるか

口ずさむ夕焼け小焼けの赤とんぼ
ここ六十年は見たこともなく

似て非なるものに批判と非難あり
前者は論理後者は感情

筋通る批判は心に受けとめよ
故なき非難に惑わされるな

街角のコインランドリー惹句よし
おうちで洗濯ここで乾燥

カフェなどの冷房異常につよいのは
客の滞留減らすためとか

察知不可　落ちし飛行機乗員の
眼《まなこ》に映りし最後の景は

誰よりも君を愛すを夫婦みな
実行すればドラマ生まれず

トランプの世を驚かす言つづき
庭に野鳥の来訪減りぬ

要人の留任などに使われる
「続投」の語に違和感を持つ

いつからか「発信」の語が力得て
政治も企業も中身疎か

「ある意味で、これこれしかじか」
意味もなくついロにする「ある意味で」とは

朝刊を読めば前日夕刊は読まずともすむ
ことにニュースは

昼日中電車座席にある人の
スマホ見ざるは五人に一人

経済の発展めざすこの国に
文化という語は文字としてあるのみ

小六か中一ならんと思いきや
小五でありし能弁の女子

スマホにて撮ったる写真そのままが
家のパソコンに入るは不思議

次世紀の人は言うらむ
「あの頃は身体をメスで切っていたのか」
次世紀の人は言うらむ
「あの頃は目薬などもいちいち差してた」
次世紀の人は言うらむ
「あの頃はジェット機などがまだ飛んでいた」

次世紀の人は言うらむ
「あの頃は台風制御の技術がなくて」

次世紀の人は言うらむ
「あの頃は〝試験〟というものあったらしいぞ」

次世紀の人は言うらむ
「あの頃は国と国とが争っていた」

次世紀の人は言うらむ
「あの頃は力が世界を制した時代」

午の章

デ・ジャ・ヴ

張本氏苦い顔してカツ発す
毎週毎週デ・ジャ・ヴのごとし

攻守とも力拮抗両チーム
ＰＫ一蹴勝負決まりぬ

両力士力と力組み合って
動きと時間の停まる瞬時よ

純金の道具売ったる業者言う
「いつでも換金、します」がおかし

車庫なくて路上へ放置
それを称し〝青空駐車〟いかがなものか

工事場に〈入場退場一礼〉と
なんと奇特なハウスメーカー

（三井ハウス）

深更の人外境に独りあり
夢の最中《さなか》か目醒める間際か

昼過ぎの四谷寿司店客静か
壮年大将黙々として

日向《ひな》子ちゃんが全英オープン制したる
ミルトン・キーンズ訪れし町

ベイジル・ヒートリー死す、八十五歳

円谷をゴール手前で抜き去りし
英国人も永遠《とわ》のゴールへ

ストレート　チェンジアップにスライダー
甲子園沸かすプロ並みの技

選手らの多くは細身幼な顔
おっさんもいる高校球児

あるときは女子ゴルファーの体形と
歩く姿に見とれてしまう

スポーツに価値見出さぬアカデミシャン
競技を見ずに競技を茶化す

暑い日はココイチへ行きチキンカレー
敢えて三辛《さんから》周囲に合わせ

一の波二の波三の波が来て
サーファーとやら地球と遊ぶ

月見丼、一言いえばそれですむ
いつも行く店いつものオヤジ

飲むならば店広々と人群れて
ワアワアうるさいそんなとこ好き

スポーツマン引退する日に言い残す
「悔いはありません」胸懐いかに

「どうもネ」と言って店出る男あり
「どうも」のあとに何略したか

他人へのリスペクトを欠く一人いて
会食の席なごやかならず

ラグビー　8首

疾《と》く動く丸太のごとき腕と脚
異国のラガーがテレビ席巻す

体格も出自も異なる選手らが
一塊となるラグビーぞよき

ラグビーのオールブラックス「ハカ」ダンス
そこだけを見るご婦人もいて

かけっこに押しくらまんじゅう混じり合い
高い高いで子どもに還る

ラグビーのワールドカップまだつづく
早く終わらぬか落ち着かぬ日々

倒れても倒れても起き前進す
助けワッと来るラグビーすばらし

大きくて強い男が力出し
ちっこい男がすばやく動く

ラグビーは岩打つ波にさも似たり
合って砕けて散ってまた寄る

品がないタレント人気
グレシャムの法則なるかちょっと違うか

こまごまと不平不満を言い立てて
テレビに映る女性にこやか

「はじめてのお使い」に行く三四歳児
十人に一人はカメラに気づく

はやぶさ2　リュウグウに再着地

遥かなる小惑星の着地点
その実像をテレビに見るとは
NHK朝からテレビの騒々し
民放司会者ゲストで来たれば
「カワイイッ」「キャッ、スッゴーイ」「エ、ナニコレ」
三つの語彙でレポーター行く

テレビ見て笑う発作も絶えてなく
老年後期さびしく生きる

わがアイドル・チコちゃん

寅さんの「さくら」演じたチコちゃんと
博識無類の五歳のチコちゃん

「なつぞら」のアニメーターの広瀬すず
やたらキレイだ　まるで女優だ

老漁夫テレビに映り皺深く
これぞアップに堪える顔なり

芸人ら「うまい」「おいしい」と言い合える
食べ歩き番組安易な作り

テレビにはしばしば音楽過剰にて
人が走れば楽の音伴う

劇的な対面ここが見せどころ
BGMもクレッシェンドに

大物の芸人　電撃結婚に
各局そろって臨時の番組

芸人が〝食レポ〟をする食べ歩き
夕方のテレビ日々ほぼ同じ

「お団子に挑戦しまあす」「足湯にも」
挑戦求めてレポーター行く

「降る」でなく「降りやすくなる」「かも知れぬ」
天気予報の周到語法

〃意地わるい〃祖母に育てられ
生涯の幸い得たと噺家陳べる

アナが呼ぶ「現地で取材の◯◯さん」
老耳に聞こえし「元気で取材の」と

解説の過剰うるさく横になり
〈消音〉で見る野球中継

タレントら他者《ひと》の話に割り込んで
言葉重ねて語勢強める

芸人の身振り手振りの卑しきを
テレビカメラは無情に映す

大げさに頷《インタビュアー》くときは顎上げて
頭反らして深くうなずく

朝刊にテレビ番組チェックする
見るもののない日はまずほっとする

「男の子女の子」昭和四十七年

郷ひろみ黄色い声で躍り出る
「一度の人生大事な時間」

この年に「浅間山荘」、横井さん、
沖縄返還、東海林太郎の死

ニヤニヤとニタニタの別
顔芸で見せてごらんよお笑い芸人

往年の札幌テレビの玄関の
植栽ハマナス今ありや否や

かんたんな現地報告
スタジオのコメンテーター解説長し

「朝ドラの主人公の名喜美子なの」
「わたしと同じイヤになっちゃう」
＊某作家夫人

羊の章

タヒチの海

青よりも藍懐かしとするわれも
タヒチの海の青に惹かれつ

トム・クルーズ新婚旅行に来し宿を
ボラボラ島の汀《みぎわ》に見たり

「遠くから見守っている」が花言葉
アルプス斜面のコバイケイソウ

観光旅行の不思議

ベルギーの村々巡りし半日に
子どもの姿一つとてなし

銃乱射あり テレビが映すエルパソは
二十代の末一夜居た街

腕時計使わぬ習慣五十年
旅行には持つおもちゃごときを

カナダ旅行　15首

十月のカルガリ空港に着地せり
雪舞う視界はゼロかと思える

ガーリイなツアー・リーダーは孫の齢
声爽やかに動作活発

その昔映画に観たる「ナイアガラ」
こんどはホンモノ浴びる轟音

ヘンリー・ハサウェイ監督　スリラー「ナイアガラ」
マリリン・モンロー　ジョゼフ・コットン出演　一九五三年

モンローに代って妻が合羽着て
キャアキャア叫ぶしぶきに打たれ

ステイ型ホテルの朝食簡素にて
ジュース・コーヒー、パンにハムなど

晴れわたるケベック州の湖畔にて
ツアー仲間とひととき過ごす

ケベックの河岸に砲台数基あり
汝の標的何処にありや
一七七五年ケベックの戦いの記念か
セントローレンス川沿いのテラス・デュフランに在り

ケベックに来たりてスーパー、小物屋に
入って時間を費やすものか

涯しないカナダ北部の高原の
紅葉樹の群れ陽光の中

もう二度と此処には来ないかもしれぬ
そこいらの木々いとおしくなる

古い語でモントリオールは〈王の山〉
見はるかす街遠くへ連なる

早暁のモントリオールに目覚めたり
旅の終りは山見える街

海外に三十回も出かけしが
歌など詠むのはこれが初めて

リーダーの配りし日誌とわれのメモ
読みくらべるもツアーの楽しみ

カナダには三百万の湖《うみ》があり
想像の数と二桁違う

東西の花咲かすとう伊吹山
新幹線より遠望するも

かつて湯布院に訪ねし

珍しや朝焼け空のいわし雲
金鱗湖の名ふと湧き出づる

申の章

知性品性

人はみな何笑うかで
自らの知性品性あからさまになる

「研修」と「訓練」語感やや違う
英語にすればただ「トレーニング」

お互いに身内の者の悪口を
言うまいとして腹のふくるる

一言《ひとこと》という姓の人ありと知る
何かひとこと言いたくなりぬ

悲しみは普遍的にして人の世の
感情総量半ば占めなむ

さめざめと泣くとき以外「さめざめ」は
働き処なし三年寝太郎

残る名の響き字面の高雅にて
具視孝允有朋博文

ふわふわととろけるようなということは
噛みごたえ何もないということ

宇宙には始まりがあり終りある
ドウイウコトカワカルヒトイル？

列島を右へ逸れつつ北上す
台風たちになし左巻き

白人を青白い顔《ペールフェイス》と呼びたるは
もと北米のインディアンたち

傾聴はむずかしきゆえ訓練す
多くの人はその語も知らず

人繋きスクランブルなる交差点
四肢展《の》べ跳ばん飛蝗《バッタ》となりて

togetherを分割すれば to get her
わが発見をここに披露す

伝統の木工道具の形よく
チョウナの一つは伸びたる疑問符

腰かがめまずはチョウナで荒削り
次いで用いる小道具いろいろ

あたらしい問いを出す人そのたびに
創造的《クリエイティブ》な知覚《センス》が光る

「振る舞う」がどうしてごちそうする意味か
辞書など当たれどついに解き得ず

尖りたる山容をいう「突兀」は
形も音もまさにトッコツ

「作り手」と言いたしトマトやカボチャ作る人
「生産者」とは役所の用語

辛気くさい話はごめん
武蔵なら抜き打ち一閃席を立つらむ

きみ知るやうつらうつらとするときの
「うつら」とは何　「空《うつ》ら」な様子

「どうして」と問う幼子の顔見入り
「どうしてかな」と促すが母

球場を「グランド」と言うは訛《なま》りにて
〝壮大〟に非ず「グラウンド」なり

「無心」とは響きのいい語　然《しか》あれど
動詞にしてみよ意味豹変す

「体形」と「体型」とあり意味は別
大新聞は「体型」使わぬ

若人は打てば響けよ年寄りは
何言われてもやや鈍が好し

秀才は解明する人
天才は創発する人　人智と神業

天才に対面せしこと未だなく
会いし秀才その数知れず

上の子を「お兄ちゃん」と皆が呼ぶ
「弟ちゃん」はだれにも呼ばれず

生も死も菌の奴らにゃこんにゃくの
表か裏の違いに過ぎぬ

正確に言えばこんにゃくに
裏表あって見分ける方法もある

時くれば宇宙消滅起こるとう
そのあとのそれ呼び名どないしょ

人類が最初つぎ地球そのあとは
寿命順次に宇宙が消える

病得て順天堂へ行く度に
醫の字に出合う　ああ、いいかんじ

英語にもへんな言葉はたまにある
着水のことランディングとは

日月火水木金土何の順？
明るさならば日月金土……

どうぞぉと声張り上げても入り来ん
カムインみたいな日本語が欲し

疲れ取る精力剤多々試みて
ついに悟りぬ眠るが一番

「故障中」中の字不要
満腹を「満腹中」とは言わざるごとく

わが生前わが死後の時
宇宙ではうしろの方が少し長そう

「停電」に「断水」「運休」「欠航」と
それぞれ異なるストップの文字

世の中にリコウもいればバカもいる
己《おのれ》どちらぞ　ウーンわからぬ

十字路に来たる人には行く道が
三通りあれど直進多し

トンコレラ何かと思えば豚コレラ
音読みするのでとんとわからぬ

キャベツ玉その半分を千切りす
その嵩高いことウワアと眺むる

山盛りの千切りキャベツを湯に通し
朝食前に一山食らう

今もなお窓カーテンに邦語なし
平安以来遮光は障子

当事者がもし自分ならと問うてみよ
ああだこうだと論難できるか

何故だろう「お昼」と言うが「お朝」なし
朝昼となく考えている

〝猿真似〟と他を嗤う前に省みよ
〝真似〟すらできぬ己にあらずや

関東弁　欠点一ついうならば
頭高アクセント喉疲れさす

掃除とはそこここにあるゴミ集め
かしこの地上に移すことにて

「さざれ石」「いわおとなりて」この節が
帰化せし選手の心とらえし

人生の残り時間の減る日々に
時もて余す半日ありとは

まん中にいるのはふつうえらい人
集合写真のふつうの仕来り

もの食って「ああ、うまかった」と思えたら
人間として見込みまだあり

ストレスをどこに置くかで意味ちがう
一杯飲んだ、いっぱい飲んだ

一プラス一は二であり二にあらず
別の宇宙ではゼロになるらし

「この道をいっしょに行こう、どこまでも」
――即答だった「すぐ行き止まりよ」

酉の章

帰りしなふと

宴果てて帰りしなふと気づきたり
言いたいことのいくつかありしを

社史のため受けし取材の帰りしな
浮かんでは消ゆ切れ切れの些事

決定版CD全集全10巻広告
「澄みわたるピアノに世界が驚いた」
辻井伸行讃える慕句

千人を超える社員の中《うち》にあり
われ最年長でありし歳月

リタイア二十年

歯医者への予約の電話一つして
きょう一日はすることもなし

六十年前、後のTBSディレクターK君
博報堂にわれを訊ね来て問う

博報堂TBSの二社内定
就職するならどちらがいいか

就職はきみの問題きみ決めよ
ほかの言い方われにあるなし

われ落ちしテレビ会社に受かりたる
後輩羨やむ気持ちもありし

二三ある安くて早いが取り柄なる
二十代われの昼飯の店

「右へ行け」指示をするならそれでよし
左だめなわけゴチャゴチャ言うな

どちらかといえば老生事柄派
情を陳べるは得意に非ず

面伏せて悲嘆怒りは腹蔵す
然るがゆえに腹囲増しゆく

穏やかな人と言われてわが一生《ひとよ》
声荒らげしこと三度もありしか

履歴書に書く欄なければ書かざりし
業務怠慢責任転嫁

行き違い師匠持たざるわが一生《ひとよ》
セルフメイドのできそこないかも

夢の中魑魅魍魎が近づき来《く》
早く目醒めて羊羹食いたし

暮夜所在なく

往年の部下の名かぞえ唖然たり
その大半の安否を知らぬ

他人事をタニンゴトと読む人多し
口は出すまいどうせ他人事

さわやかな木の葉の戦《そよ》ぎも
不穏なる木の葉の戦《おのの》き　文字同じにて

わが生は出たとこ勝負と言ってみる
ろくな勝負もしてはいないに

わが生は何処の誰とも知り得ざる
人の犠牲の上に在るべし

木槿《むくげ》咲く今日という日は残された
わが生涯の最初の一日

東京の百十万本の電柱がすべて地に入る
わが夢の夢

風さわに幸の兆しの星見ゆる
感情移入は他人《ひと》に任せん

われ時計持たず

九月の夜　月木星の間隔を
見れば時刻の見当がつく

蟬たちは本体よりも抜殻を
この世にしばらく残し置くべし

銀座など高級クラブに連れられし
ひと頃ありしが性に合わざり

「脱皮せよ」部下叱る夢醒めたれば
胸一面が汗で冷たし

入社日のカルチャーショック
同室に買い物趣味の男がありし

身につけるブランドものなど一つなし
ビジネス生活三十八年

本は別　コーヒー飲むより文庫本
靴買うをやめ洋書を漁る

大群の鰯のうろこ巻積雲
空の汀は奈辺にありや

月三回胃を休ませる日を設く
朝昼を抜きいま暮れかかる

ふつふつと湧きくる闘志
何方へそれ向けるべきか霧中の青春

通勤に十年乗り降りしたる駅
その名出てこぬ脳毀れしか

出勤時五分もあればカフェに寄り
コーヒー飲んで駆け出した頃

樹木医や狩猟の仕事にあこがれた
ネクタイ欠かせぬ職つづけしが

広告と出版事業にかかわりて
四十年過ぎ趣味と同化す

われ凌ぐ才能群なす雲海に
浮きつ沈みつ溺れんとす

似顔絵はわが隠れたる特技にて
もらった名刺に覚え書きする

リクルートという企業名の由来説く
社会史書物に推測誤記あり

発案者森村稔に非ず

語彙などはすぐ取り入れても
生得のアクセントだけは長く変え得ず

二日酔いごときで会議に遅れるな
叱りし人に十年服す

それ以来二年ちょっとを
遅刻ゼロ欠勤なしの勤め続けぬ

出張費の多寡をめぐって争いし
硬き声今も耳底にあり

若きより射幸心なきはなぜならむ
パチンコなども興味ゼロにて

お茶の水女子大学の講師たり
わが人生の軽挙の一つ

題目は「現代文化論」
書を漁り受け売りづくめの三年《みとせ》を過ごす

大学の非常勤講師たりし頃
「パート」と記せり職業欄に

戌の章

キャベツの葉

キャベツの葉はがすも千切るもおもしろし
包丁なくとも調理はできる

リビングの両端にテレビ大と小
妻は大見るわれは小見る

日々の買い物　スーパー「オーケー」
「オーケーへ行ってきます」と妻の声
居眠り醒めて「オーケー」と返す

このごろはスーパー行くのも平気にて
妻の買うもの見つけては買う

不覚にも風邪を引いたら
食を絶ちヨガの真似してひたすら眠る

臆面もなき要求の電話切り
ヒーリング曲十五分聴く

ヒーリング曲は和風が好ましい
心身和風の成り立ちの吾

減量のために一食抜きながら
糖分多きおやつを食べる

あるときは芯から気だるく
有線のヒーリング曲の嵩高くあり

いただいた巨大な西瓜一玉の
半分隣家にお裾分けせり
自家の物をあげるのは「裾分け」に非ず

「裾分けは」こういう風に使う語と
知らない人にそっと教える

為すことのほとんどなかりし日の暮れに
壁の時計を見上げて吐息す

真向かいに真白なハウス二軒建つ
二つながらに新婚入居者

庭の一悲劇

ハナミズキ十三年で枯れ死せり
伸長大なる〟エゴの木〟脇に

朝刊を五分間眺めて「さて」と立つ
食器洗いは吾の担当

「きょう乗った　ディープインパクトの子に乗った」
帰宅した妻靴脱ぎながら

乗馬とは楽しきものらし
この五年妻のご機嫌なかなかよろし

初心者がうしろに四、五騎ついてくる
先頭とるはタイヘンらしも

鬱蒼と木々休らえる夏の庭
一樹百日紅《さるすべり》季節《とき》の花咲かす

花房のかたまり群れて百日紅
ピンク、マゼンタ真夏の彩り

防音のガラス戸付けた居間にあり
音なく道行く車列は影絵

麻酔打ち血圧下がるを五分待ち
奥歯一本コクッと抜きたり

庭に来る野良猫一喝するときは
わずか消《け》残る野性抑えず

キッチンにおける特技は二件にて
ゆで卵つくるじゃがいも皮剝く

ピンポンと鳴らされるのはわずらわし
具合悪くて寝ていればなお

週間の視聴率高き番組を
好んで見るのが夫婦《われら》の習性

延命治療せんでもええと言い置けば
おたがいさまよと妻即応す

繁りたる常磐まんさく
蔭深きかたまりの中ひよ鳥ひそむ

熱帯性低気圧とて風つよく
ハイビスカスの鉢テラスに倒る

不具合のスマホ修理の窓口との
電話に暮れしわが誕生日

書斎占む本とパソコン、ペン、時計
いずれはゴミになるものばかり

書斎には花一輪も書画もなく
目を休ませる何一つなし

風邪ひいて一日休めば
一日をトクした気分になる阿呆なわれ

好物は即席ラーメン
「マルちゃん」に卵割り入れご馳走とする

大玉のキャベツ半分ぶつ切りし
湯通ししてから一気に食らう

無職老人の快

三時には皆が来ると分かりつつ
昼飯食って昼寝の床へ

亥の章

寝しなの定番

有線のＪ58唯一の落語チャンネル
寝しなの定番

人中で「アフタ・ユー」と言うときの
英国紳士の物腰うるわし

仔犬でも「匹」と数えず「頭」という
秋田犬なりすでに貫禄

「見てたかて早ようは来いへんバスやのに
みんな見てはる背中まわして」

例外は絶無であろう
人はみなクシャミするときまず息を吸う

かき煎餅クシャクシャ割って湯に溶いて
スプーンで啜ってはたしてうまいか

口癖か相手が男の会話でも
「お肉」「お野菜」と言う男いる

エレベータ　あの箱のこと籠という
なるほどわれら籠の鳥かも

英語ではcar

うわの空何を食べたか覚えなし
サクサクポリポリ　ビールのつまみ

ビールこそおのれのペースで飲むものぞ
注ぎ足しする人引っ込んでほし

菓子よりも烏賊蛸が好きという幼女
おまえは怪魚の生まれ変わりか

睡眠に無呼吸ありて重症と
医師告ぐる声聞くうわの空

気まぐれにらちもないメール友にやる
あてにもしないに返信が来る

降りそうで降らない空を眺めては
行こかやめよか決まりようつけん

会話中すぐスマホ出す若者の
秒速探査にわれ追いつかず

樹の下を見知らぬ猫が歩み来る
夏の夕暮れ人気なき路

それぞれに行くところある人びとが
道逸れることなくそれぞれに行く

引越社というトラックが隣家に来
その名平明一目瞭然

「わたしとは雲泥の差だよ東大出」
言うにこと欠きまたそれ言うか

両肘をハンドルにのせ頭垂れ
バス運転手束の間休む

奴の癖　人の話の半ばにて
「いや、おれはネ」と喋り出すこと

人がみなワイワイ喋る中にあり
何も語らぬきみ不気味なり

常備するペンにメモ帳に歌心
寂しさ募る日に出動す

新宿大京町マンション
三階から慶応病院遠望す
いつ見ても窓に人影映らず

新の字の草書あるメモ渡したら
「これ読めません」学生の言う

中国製漢字日本は使いきぬ
もし請求されたら……
著作権料念頭になく

信号が青に変わって歩き出す
人びとおおむね規則を守る

暇な日の散歩の足が寄らいでか
グッドブラザースという名のカフェ

脈絡もなきお喋りに付き合って
時を空費す人生の時を

凡庸なことしか言わぬ人ありて
一座の会話なめらかになる

昼飯を食うか食わぬか決めかねて
「辞苑」と「辞林」の引き比べする

意を決し話しするべく受話器とる
きっと留守だと受話器また置く

こんど会うときに話すか、そうするか、
受話器を置いてふっと息吐く

枝垂れ梅下へ下へと降りる蟻
下端に着いたらどうするつもりか

期日前投票するべく家を出て
普段通らぬ道に躓く

新聞に目覚ましきことなき日々は
ただページ繰るルーティンとして

困難なこの期の政治託す人
家電製品選ぶごと選ぶ

道端にやや大きめの水たまり
人が掘ったか自然に出来たか

よい声の「お風呂が沸きました」
機械に告げられハイハイと立つ

散歩途次戯れ歌一つこねあげて
書き留めるべく家路に向かう

足早に過ぎ行く時の足つかみ
ときどき時の足を停めなむ

カフェイン作用

コーヒーを飲んで午睡の床につく
二十分後にすっきり醒める

コーヒーを一杯飲みたいだけなのに
話し好きなるマスター寄り来る

冷蔵庫その横に見ゆ温蔵庫
調理場覗けば一人振り向く

水補給するべくコップ一杯を
飲めばたちまち汗吹き出ずる

上半身くまなく汗を拭きとって
ほどなく首の辺汗滲み出る

一日にすることみんなメモにする
メモはかならず胸のポッケに

桜木は夏の西日をもろに受け
幹半身が煮えたぎるらむ

問いやれば「とくに変わりはありません」
簡素なメールがなにやら気になる

夕方の約束成りてそれまでは
昼寝などして時をつぶさん

日陰から男とび出し
「どかせろっ」と駐車違反の車を叩く

蚊が二、三厠の内を飛翔せり
薬液噴射で殲滅するも

週一度夕べのビール
絶妙に味わうために朝から食絶つ

メルアドを持ったがために日に一度
パソコン開く習い身に付く

ふらふらと猛暑の街から帰り来て
冷えたトマトを丸かじりする

夕刊を取りに裸で家出れば
自転車の人つと目を逸らす

回線が混み合っていて繋がらぬ
修理依頼も易くはあらず

「それどころではない」と返し放置して
問題こじらせ解決を見ず

夕べには萎んで落ちるムクゲ花
白と底紅見分けがたしも

医院待合室

人の名が呼ばれるたびに顔あげて
あたり見回す気遣いの人

診察と診断に違いありとせば
前者はサーチ後者はジャッジ

透明のドームのごとき大ルーペ
中空の光吸って煌めく

静々とわが家の庭行く隣家猫
ガラス戸引けば脱兎に変ず

遠く見て微笑みながらゆるゆると
会話楽しむ人ぞ恋《こほ》しき

マウンテンハットをかぶりすましこむ
クラウンの内小鳥いるらし

ベレー帽似合う顔たる生まれつき
イタリア娘をアミーカにして

人が言う「雲の上の人」さらに言う
「住む世界ちがう」さびしい言葉

暗がりをふらつき泳ぐ酔漢に
灯台のごと点《とも》る自販機

缶ビールプシュンと開けて唇《くち》なめる
なにはともあれ一件落着

不意にくるビル風嫌なら
棒の先御幣垂らして街行くがよし

悪口を言わぬと決めて二時間を
話題逸らして逸らして過ごす

〈保護者〉とはわれにとっては疎遠の語
われは保護者になりしことなく

愛だけじゃ腹の足しにもならないよ、
路地で見かけたコピー泣かせる

食って寝るだけじゃ猫らと変わらない、
われのコピーに猫あくびせり

借金は一銭もないと
熟年のホームレス氏は杯を上げたり

上弦の月と木星
東京の九月の夜の二つの光輝

上弦の月に寄り添う木星の直径
月の十と一倍

「三丁目」語尾だけを聞き降りたれば
ここは新宿、四谷まだ先

景観の法則

滝の水落ちる速さは常ならず
人見ていればゆっくり落ちる

「カネなんぞ稼いでどうする」
「カネあればなんでもできる」生き方の違い

この国は落とした硬貨を腰かがめ
見知らぬ人が拾ってくれる

一日に二分か三分遅れても
愛用長き懐中時計

夕六時散歩に出れば
家路行く往年のわれ三人、四人

住宅街ジョギング娘ら三人が
横並びして他人《ひと》を避けさす

左右見て車なければ赤信号
かまわず渡るわれになりたり

左右見て車なくとも赤信号
変わるまで待つ英国人は

ミスによりスマホの中の写真消ゆ
復元無理らしわが生もまた

群衆が危うき道になだれゆく
リスキイシフトと呼ばるる現象

上野動物園園長の話

動物が好きな人より
動物に好かれる人を採用します

花のなき桜の木々の枝振りは
ただ乱雑に横に広がる

何食わぬ顔で寝そべるこの猫は
何かしたはず髭震えてる

パンにバタ　チーズにワイン　ハンバーグ
ベッドでミルク　片仮名のめし

知識なく専門業者に嵌められて
切歯扼腕気分は晴れず

人体に十万キロの数字あり
毛細血管繋いだ長さ

秋の雲動くともなく時過ぎて
窓の端から見えずなりけり

緊急時連絡先を挟んだる
パスケース忘れ秋の街行く

新品のスニーカー試してコンビニへ
必要もないのど飴を買う

男ら言う「とりあえずビール」
やめてくれ、その言い方は好きになれない

ビールなど半分飲んだら注ぎにくる
こんな節介好きになれない

子どもから「笑いじょうごのじょうごって」
何かと訊かれ応えにつまる

日本人みな大声で喋ります
もの静かなるタイ人が言う

日本人人見知りなれどずうずうし
米人教授カラカラ笑う

スペイン風サンドイッチ一片二百円
どこスペインか知らず咀嚼す

スペインの魅力何処と問われれば
平凡に応ずアルハンブラと

落としたるコンタクトレンズ探しいる
レンズ外してよく見えぬ眼で

「サトウです」どちらのと訊くをはばかりて
あいづち打つうち事態悪化す

エディターズノート

森村稔氏二冊目の歌集をお届けする。正直な思いを申せば、なかなか感慨深い。

エッセイストから歌人へ――。二年前、初歌集『寝しなの歌』を刊行した森村氏の表現者としての転身に、当初は戸惑い驚いた。しかし、氏の表現は揺るぐことなく、その姿勢に共感するに至った旨は、前著エディターズノートに記した。

じつは、そこへ記さなかった一連の編集プロセスがある。

森村氏の歌人としてのスタートを応援すべく、当初、著者名と歌集の間に「第一」と入れ、「森村稔第一歌集 寝しなの歌」としていた。ところが、歌集の初校校正刷り（ゲラ）を見た森村氏が、「第一は削除してね。第二があると思われちゃうから」

と言われたのだった。

日本じゅう、どこを見回しても少子高齢化で、俳句や短歌も無関係ではない。明日のこと、次のこと、未来のことを語るとき、いつもどこか、刹那的になる。

第二がないかもしれない——。それは、年齢や健康状態を問わず、誰にとっても言えるのだが、森村氏のことばは重かった。事実、歌集を脱稿して以後、一首も歌ができないし、不思議だが詠む気になれない、とのことだった。活発で好奇心旺盛、表現することに常に真摯貪欲な森村氏から聞くことばとは思えなかった。

こういう著者のマインドは売れ行きに影響する——という経験上の持論が私にはある。初校ゲラ、再校ゲラと校正を進めながらも、「刹那的な出版と受け止められなければいいが」と案じる思いが正直、つきまとった。そしてともあれ、平成最後となった夏、初歌集『寝しなの歌』を出版、発売した。

結果的には、案ずるより産むがやすしであった。著者のサラリーマン時代を知る人、エッセイの読者、そしてなんといっても短歌愛好家の皆様が、陸続とご注文、御購読くださった。さっそく東京新聞文芸欄コラム（平成三〇年八月一九日）で紹介され、

　神様に訊ねてみたしわれ八十このあといくつ西瓜割れるか

が評価された。「わび」「さび」の文化を育んできた日本で、刹那性は決して マイナスではなく、

　おとといの楽しい夢は何だっけ楽しさだけがふわふわ残る

のような軽いおかしみも、多くの人に受け入れていただけることを知った。

発売後、数か月もしないうちに、発行部数のすべてを売り切って

しまい、現在は、第二刷を好評発売中である。ただ、そうなってもなお、森村氏から「次の歌集」ということばを聞くことはなく、何となくこちらからも言い出せない状況が続いていた。

その後、どうされているだろう。お訊ねしてみようか、と思った矢先、「またぼちぼち苦吟しています」と連絡をもらった。令和元年六月だった。

花びらはうす紅に萼は濃く外来桜　「与謝野晶子」よ

久しぶりのお便りの文末にあった一首である。何度読んでもこの艶というか、少し悲しみを湛えた調べにうっとりする。

かくして令和元年初冬、本書『帰りしなの歌』を脱稿され、当書肆で御歌稿のすべてをお預かりした。とても嬉しかった。このような経緯を経ての、「なかなかに感慨深い。」なのである。

本書の章立ての方針について触れておく。
『寝しなの歌』（平成三〇年七月）以降、令和元年末までの約二年間に詠まれた六七〇余首を、時系列に配慮しつつ今回は十二章に分類した。章分けの基準としたテーマを（　）内に記すとこうなる。

子の章　加齢順調（老境を詠ったもの）
丑の章　「あかんたれ」（少年時代と交友関係）
寅の章　短歌の形に（歌を詠むことや、書物について）
卯の章　フィクション（かつて年間五〇〇本は観た映画や俳優を素材に）
辰の章　好きな子の（異性を詠んだ歌、流行歌など）
巳の章　このままがいい（世相を風刺した歌）
午の章　デ・ジャ・ヴ（ＴＶタレントへの批評）
羊の章　タヒチの海（海外詠）

申の章　知性品性（ウィットをもって日常を眺める歌群）
酉の章　帰りしなの歌（自省的な歌）
戌の章　キャベツの葉（家庭での日常）
亥の章　寝しなの定番（一歩ひいた社会観察）

子から亥までの十二支は、和時計の文字盤をイメージしている。和時計の針は一日一周する。真夜中を指す「子の章」から始まり、夜と昼の境（明け六つ）の「卯の章」、正午を経て昼と夜の境（暮れ六つ）の「酉の章」、そして真夜中直前の「亥の章」で終わる。

もし請求されたら…
中国製漢字日本は使いきぬ著作権料念頭になく
時くれば宇宙消滅起こるとうそのあとのそれ呼び名どないしょ

などと苦吟する著者のユーモアセンスの足元にも及ばないが、章立てにも「遊び心」を、である。また、あえて申せば、

「窓から庭に目をやると、昼間は目立った紅梅一樹が夕闇に溶け込んでいる。朝がくれば、また清雅な花色を見せてくれるだろう。グッナイ・ベイビ。」

（平成二五年四月『こりゃあ閑話』「あとがき」より）

を受け、編集上の返信とした。この一文の前には、「小生も年取った。この態の四冊目はもう作れないかもしれぬ。」とあり、読むたび言い知れぬ淋しさを覚えるためだ。

本書の冒頭「子の章」では、敢えて、その「小生も年取った」の感慨に真正面から向かい、「老境」を詠った作品をまとめている。続く「丑の章」では一転、少年時代の回想から進学後の学生時代、会

社員時代を経ても変わらぬ交友関係などを詠んだ作品で構成。「寅の章」にては、書物や短歌を題材にした作品でまとめた。そして前書同様、章冒頭の一首から象徴的な言葉を抜き出し、各章タイトルとした。

何と言っても和時計のよさは、人の感覚に時計の針を合わせていたことにあるだろう。夏だろうと冬だろうと、日没が「暮れ六ツ」だ。日が暮れたら家に帰る。闇が深まったら寝る。そして朝が来れば起きる――本書『帰りしなの歌』の全てのページから、そんな日常を送っているらしき作者の姿が見える。

三時には皆が来ると分かりつつ昼飯食って昼寝の床へ

むろんこれは文芸上の真実であって、実際の姿はまた別かもしれないが。

我々の多くは暦に縛られ、時計に支配され、あくせく予定をこなし、予定のない日は退屈に倦み、結果的に毎日をもがくように生きている。そんな日常からの脱出を誰もが憧れる。でもじつは、その気になれば今すぐにも、日常以外の自分を確保できるのかもしれない。

なつかしい人に呼びかけ歌作る見知らぬひとをいざなう歌も

こんな作品が、そのヒントである気がする。

*

今、校了間際にして、さすが著者は、草創期のリクルートに入社し、同社が世界的企業に育つ地盤を作ったお一人であると思った。一首一首に真意が通っているのだ。理屈ではうまく説明できない暮らしの断片、一瞬で消え去ってしまう光景などが、五七五七七という言葉の器に、誠実に結ばれている。

『仕事を活かすチャンス』（昭和四七年、東洋経済新報社）以来、半世紀近くに及ぶ森村氏の表現世界。それらを青々とした茂りとすれば、その土壌を掘り起こし、黒土を払って見える根っこが、この歌群ではないだろうか。本書収録の短歌一首一首は、森村稔氏が八十有余年の歳月をかけて、大地の深く広くに張り巡らしてきた根そのものだろう。そのうえで今回は、

あしたからまた少しだけ頑張ろうまだ柔らかなこころもあるぞ

と詠んでおられる。このことにいっそう感慨を深くするのである。

ここまで本書をお読みくださったすべての皆様へ。
まもなく本書を閉じ、それぞれ日常への帰りしな、集中のこの一首はいかがだろうか。

木槿《むくげ》咲く今日という日は残されたわが生涯の最初の一日

令和二年立春

書肆アルス　山口亜希子

森村稔（もりむら・みのる）

昭和10年大阪生まれ。小学校3年生の時、戦時疎開で徳島へ。徳島県立名西高等学校卒業。

東京大学文学部美学美術史学科卒業。

博報堂、リクルートに勤務。大学講師を経て現在無職。

著書『クリエイティブ志願』『朝の独学』『ネクタイのほどき方』『自己プレゼンの文章術』（以上、筑摩書房）、『青空は片思い』『どこ行っきょん』『こりゃあ閑話』、歌集『寝しなの歌』（以上、書肆アルス）ほか。

趣味、短歌・エッセイ執筆。

＊本書はコデックス装幀を採用しています。

歌集《かしゅう》　帰《かえ》りしなの歌《うた》

2020年3月16日　初版第1刷発行

著　者　森村　稔

発行者　山口亜希子
発行所　株式会社書肆アルス
http://shoshi-ars.com/
〒165-0024　東京都中野区松が丘1-27-5-301
電話 03-6659-8852　FAX03-6659-8853
印刷／製本　中央精版印刷株式会社

JASRAC 出 2001684-001
ISBN978-4-907078-30-0 C0092

歌集　寝しなの歌

森村 稔

＊

ふと思うこと口ずさみ
歌にする
夜々の寝しなの習いとなりぬ
神様に訊ねてみたし
われ八十
このあと西瓜いくつ割れるか

小 B6 判・コデックス装幀・256 頁
定価 1500 円＋税
ISBN978-907078-27-0

書肆アルス

子
丑
寅
卯
辰
巳
午
未
申
酉
戌
亥
九
八
七
六
五
四
九
八
七
六
五
四